# Остров доктора Мороза

Mike Gagnon

Published by Mike Gagnon, 2025.

ОСТРОВ ДОКТОРА МОРОЗА

**First edition. September 24, 2025.**

Copyright © 2025 Mike Gagnon.

ISBN: 978-1988369730

Written by Mike Gagnon.

# ГЛАВА 1

Труп с широкими глазами смотрел в небо. На его коричневом лице сияло яркое солнце, которое иногда прерывала тень пальмового листа, качающаяся под легким теплым бризом. От него воняло и он гнил от гнили.

Ветер усиливался, становился все сильнее и сильнее, а оставленные волосы отбрасывали в сторону. Его кожа была темной, а одежда была покрыта листвой и прочной, что типично для жителей этого тропического острова у побережья

Гаити. Все его тело засохло и высохло от воздействия погодных условий.

Он выглядел мумифицированным, как и следовало ожидать от любого другого трупа, оставленного в суровых тропических условиях, за исключением того, что оно двигалось. Труп шагал по пляжу, глядя на небо и покачивающиеся пальмы. Это существо потерялось в красоте тропического рая, где соленая вода плещется по белоснежному песчаному пляжу. Выражение лица дрожащего существа выглядело слегка сбитым с толку. Возможно, это было связано с его состоянием, возможно, с тем, почему его переполнял такой неутолимый голод, а может быть, просто стук на ветру, который с каждой секундой становился все громче. Неожиданно на трупе было нечто уникальное. Яркий, блестящий металлический ошейник, чуждой простому аборигену. Длинный шип на внутренней стороне воротника прочно вонзился в позвоночник дрожащего монстра.

«Гаа?» зомби стонал от агонии.

Шум пня, пня, пня становился все громче и громче, и каждый, кто не был гаитянским зомби, мог распознать по приближающемуся вертолету. Вскоре полные мертвые глаза сбитого с толку зомби устремились на громкий вертолет, растущий в небе. Самолет медленно завис над островом. Зомби просто стоял и смотрел, зажав рот.

1

Кто-то в вертолете оглядывался назад.

«Чертовы, грязные, вонючие зомби!» сказал темнокожий темнокожий мужчина в шлеме и отвратительной гримасе на лице.

Его звали Зеб, и он стал пилотом чартерного вертолета после досрочного увольнения из ВВС США.

Находясь в кабине, Зеб медленно нажал на органы управления, опуская вертолет, продолжая выражать свое отвращение. В багажном отсеке сидела женщина с темными волосами и испаноязычными чертами лица. Её волосы до плеч свисали на тонкой бирюзовой майке и шортах-карго, которые были почти достаточно маленькими, чтобы их можно было носить как трусы. Несмотря на то, что в одежде было достаточно места, чтобы скрыть ее упругое и подтянутое в спортивном стиле тело, в шортах было достаточно карманов, чтобы вместить все необходимое для выполнения работы журналиста-расследователя. Её звали Мария. Рядом с ней сидел молодой человек со светлой кожей и рыжими волосами с похожей рыжей бородой по имени Джереми. Джереми носил тяжелые, гораздо более прочные шорты-карго и футболку. Несмотря на увеличение количества материала, в шортах, которые он носил, не хватало места для всех вещей. Дело не в том, что он был слишком большой для одежды. Он был в хорошей форме для недавнего выпускника колледжа, который проводил на вечеринках столько же времени, сколько и учебе. Ему нужно было взять с собой черную сумку, которая лежала на скамейке рядом с ним, чтобы убедиться, что у него есть все необходимое для выполнения работы. Джереми работал фотографом Марии на этом посту для их работодателя, журнала Timely Magazine.

Джереми восхищался этой жуткой сценой. Молодой человек вставил в камеру длинный телеобъектив, предназначенный для съемки высококачественных фотографий, и поднял его. Он наклонил объектив к зомби, грызущему с пляжа, нацелился на дрожащий труп и сделал несколько снимков. Когда вертолет спускался к мягкому белоснежному песку, зомби занимал все большую и большую часть кадра на каждой следующей фотографии.

«Целый проклятый остров из них!» Зеб продолжил путь.

«Фуууу! Они так отвратительно выглядят!» Мария перезвонила.

«Назовите меня сумасшедшим, но я думаю, что это круто», — ответил Джереми, погрузившись в анализ жизни вокруг себя через объектив.

Мария игриво подтолкнула Джереми и улыбнулась ему.

«Хорошо. Ты с ума сошёл!» Мария флиртовала.

Толкаясь, он ухмылялся и поднял камеру в воздух одной рукой.

«Ха-ха! Возможно, я и есть!» Джереми согласился.

Прицелы фотообъектива Джереми вскоре снова вернулись к растерянному лицу зомби, который уставился на вертолет. В оглушительных двигателях вертолета не было слышно щелчков и жужжания его камеры.

Вертолет медленно спускался на берег, осторожно переплетаясь вверх и вниз, как будто сама машина обладала собственным интеллектом и не решалась приземлиться в этом месте, как и пилот. Вдалеке, примерно в 40 метрах, за песком и ошеломляющими зомби стояло ярко-белое здание в стиле бунгало.

Зомби стоял и смотрел на Джереми и Марию, все еще ошеломленные, а Мария нервно оглядывалась назад. Джереми продолжал фотографировать.

Заглушая двигатели, Зеб спокойно сидел за штурвалом. Подпорка продолжала вращаться и дуть по всему воздуху, в результате чего волосы у всех стучали в ту или иную сторону, словно в циклоне.

Группа врачей в лабораторных халатах в одном досье быстро вышла из стеклянных дверей белого здания по песку к новоприбывшим на пляж. Это были доктора Шмидт, Ромеро и Хьюго.

Врачи подошли к вертолету, все шли подряд. Ромеро возглавил группу. Атлас Ромеро был крепким и жизнерадостным парнем, у него были чёрные волосы средней длины, а по бокам головы — белые полосы, образующие крылья.

Над волосами Ромеро на солнце сияла лысая коса. Подстриженная козлиная бородка Ромеро соответствовала двухцветной цветовой гамме его волос. Дейтер Шмидт во всех отношениях был противоположностью Ромеро: высокий, подтянутый, с широкой грудью, с квадратными челюстями и красивый. Это прекрасный пример его немецкого происхождения, за исключением темных черных волос. Единственное, что в физическом плане объединяло Шмидта и Ромеро, — это схожесть по возрасту: обоим было около пятидесяти лет. На самом деле Хьюго был Хьюго Шмидтом, сыном доктора Шмидта. Хотя его отец в два раза моложе и телосложение немного тяжелее, семейное сходство было очевидным. Все врачи высунули голову и высунули руки, чтобы защитить лицо от дующего ветра и песка, вызванного вращающиеся лопасти над вертолетом. Другие зомби, бесцельно бродившие по пляжу в руках роботизированных ошейников, следили за тем, как они бесцельно бродили по пляжу.

Джереми сделал больше фотографий своей камерой.

Зеб повернулся со своего переднего сиденья и резко обратился к Марии и Джереми, поразив их и снова привлекая их внимание к миру в вертолете.

«В этих вещах нет ничего крутого! Они опасны! Вернитесь к этому «коптеру», если вы не чувствуете себя в безопасности, понимаете? Зеб залаял.

Джереми протянул руку и, выглядя обеспокоенным, положил руку на плечо своего друга.

«Конечно. Чувак, мне очень жаль, я не подумал...», — извинился Джереми.

Все трое снова обратили внимание всех троих на открытую часть вертолета. Во вступительном слове доктор Шмидт встал с протянутой рукой к Марии.

«Добро пожаловать на остров Гонав...», — сказал Шмидт с широкой улыбкой.

Шмидт продолжал стоять в дверном проеме, пожимать руку Марии, а затем жестикулировал доктору Ромеро и Хьюго, которые стояли рядом с ним.

«Я доктор Дайтер Шмидт. Это мой ассистент доктор Атлас Ромеро, а этот прекрасный юноша — мой сын Хьюго», — рассказал Шмидт.

Старший Шмидт помог Марии выйти из вертолета, а Джереми начал вытаскивать все свое фотооборудование и сумки на борт вертолета.

«Просто следуйте за нами и оставьте все свои сумки. Слуги их заберут», — объяснил Ромеро.

ХЬЮГО, РОМЕРО, ШМИДТ, Зеб, Мария и Джереми шли по белоснежному песку в одну очередь к толстым стальным и армированным стеклянным дверям исследовательского комплекса Шмидта. На небольшом расстоянии за рядами живых проследовала шествие зомби, каждый из которых перевозил багаж из вертолета. Джереми оглянулся назад, а затем обратил свой взор на Марию. Она также оглядывалась назад, и у них было время полного взаимопонимания. Джереми слегка нервно жестикулировал в ответ на слуг-зомби.

«Ладно, это немного жутко...» Он вздрогнул.

Через несколько мгновений Шмидт повел группу в слабо освещенный конференц-зал с низкими потолками. Сиденья и столы были расставлены по всему залу, а цифровой проектор был установлен на подиуме в центре зала комната. Шмидт стоял немного по бокам от белого экрана, прикрепленного к стене. Экран старался максимально отражать окружающий свет из передней части комнаты. Широким и размашистым жестом вытянутая рука Шмидта направила группу к своим местам. Ромеро стоял в комнате и держал дверь открытой для остальных членов группы, когда они вошли.

Сиденья напоминали Джереми о маленьких письменных столах, которые были прикреплены к маленьким деревянным стульям, как в детском саду, только побольше.

«Слуги принесут ваши сумки в ваши комнаты. Если вы все займете свои места, мы расскажем, как наши текущие эксперименты сделали жизнь на острове возможной», — объявил Шмидт, словно тренируясь перед гораздо большей аудиторией.

Мария быстро достала из одного из карманов небольшой цифровой магнитофон и села на первое свободное место в передней части комнаты. Ей не терпелось начать. Огненная латиноамериканка быстро стала серьезно относиться к ней с суровым выражением лица.

Ей не терпелось наброситься на Шмидта с вопросами. «Зачем вам вообще работать, доктор? Недостаточно зомби, чтобы справиться со всеми вашими экспериментами?»

Благодетель острова и ведущий научный сотрудник, притворяясь защитой, поднял руки вверх, словно отбивая атакующего. Его лицо выглядело уставшим, а настроение — удручающим. Он стоял в передней части комнаты, и его тело частично закрывало свет, исходящий от проектора.

«А теперь держитесь, мисс Эстебан! Я ценю интерес, проявленный журналом Timely Magazine к моим работам, но давайте пока не будем распинать меня, понятно?» Шмидт ответил мягко в защиту.

Доктор Ромеро помахал руками, чтобы заглушить разногласия, чтобы они могли приступить к запланированной презентации. Они с доктором Шмидтом двигались по обе стороны экрана, а Хьюго стоял за трибуной и управлял проектором.

Каждый
врач держал в руках длинную пластиковую указку. Ромеро, прочищая горло, смотрел на экран, готовясь к разговору. Белый свет на экране ожил: на экране появилось мрачное видео, на котором толпа зомби пожирает ни в чем не повинных покупателей в большом торговом центре.

«Как вы знаете, в 2018 году разразилась «чума зомби», как ее называют в средствах массовой информации, которая чуть не привела к краху западного общества в том виде, в каком мы его знаем», — пояснил Ромеро.

По экрану появилось новое изображение, на котором изображен умно выглядящий ученый в лабораторном халате и смотрит на нее пробирку с жидкостью, подтянутую к свету.

«Самые блестящие умы мира до сих пор не смогли найти причину... или лекарство», — продолжил Ромеро.

Ромеро поднял указатель на экран. На экране была показана карта Северной Америки. В некоторых штатах на карте были темные пятнистые области. Пятна рассредоточились, увеличиваясь и покрывая огромные площади. Майами, восточная часть Британской Колумбии, южная половина Калифорнии, пустыня Невада, часть Новой Англии и часть Техаса были затенены.

«В то время как наше правительство создавало карантинные зоны, чтобы зомби были изолированы, а их создал уважаемый доктор Дитер Шмидт, — Ромеро остановился, чтобы создать драматический эффект и взять предмет на соседнем столике: «Вот это!»

Ромеро поднял над головой блестящий металлический предмет — один из кибернетических ошейников для борьбы с зомби. Он не был заперт, поэтому одна сторона была открыта, что придавало ему круглую форму полумесяца.

Руки Ромеро крепко обхватили воротник с обеих сторон. На задней стороне воротника были два блестящих острых шипа, торчащих внутрь. Шипы были расположены в центре воротника и были направлены внутрь. Было легко представить себе, как они врезаются в спинной мозг человека, если ему не повезло надеть его.

«Кибернетический контрольный ошейник!» Ромеро провозгласил.

Теперь доктор Шмидт заговорил, указывая с другой стороны экрана своей длинной пластиковой палочкой на диаграмму, которая мелькнула на экране и заменила предыдущее изображение. На диаграмме изображены голова, шея и плечи зомби, на котором показано, как и где ошейник обхватывает шею зомби, а также показано, как шипы проникают в спинной мозг.

«Ошейник проникает непосредственно в центральную нервную систему и фильтрует все электронные мозговые импульсы. Это предотвращает приступы и создает импульсы к послушному реагированию», — пояснил доктор Шмидт.

Экран превратился в крупную карту тропических островов Гаити и прилегающих регионов. У западного побережья Гаити в океане был выделен остров, выделенный желтым кружком. Остров был назван «Иль-де-ла-Гонав, Гаити».

На картинке на экране указатель доктора Ромеро постучал по острову.

«В то время как весь мир паниковал, доктор Шмидт усовершенствовал свой метод... здесь!» Ромеро заявил.

Теперь кадры на экране изменились на фотографию тропического рая у бассейна. Пальмы и зонтики от солнца гордо тянулись к небу.

Вокруг бассейна сидели толстые белые люди среднего возраста, состоятельные на вид в купальниках, лежащие на шезлонгах. Взрослые дети или любовницы бродили по бассейну в бикини и купальниках. Их всех обслуживали и ждали зомби с контрольными ошейниками. Зомби приносили им напитки, полотенца и все, что они хотели. Некоторые даже нежно раздували людей большими пальмовыми листьями.

«Создаем рай для элиты и богачей мира!» Ромеро гордо воскликнул.

Ромеро оглянулся в зал, ожидая увидеть то же волнение, которое он испытывал на лицах зрителей. Его лицо охватило замешательство, когда он так и не увидел ожидаемого немедленного ответа. Кроме того, Хьюго с широкой гордой улыбкой смотрел на комнату, сидя за проектором.

Зеб с отвращением смотрел на учёных. У Марии, когда диктофон всё ещё был выключен, её лицо выглядело сурово и сердито, а брови были выгнуты. Джереми выглядел просто ошеломленным.

«Ух ты», пробормотал Джереми.

Мария бросила диктофон в сторону доктора Шмидта и начала задавать ему обвинительные вопросы.

«Вы теряете сон по ночам, зная, что поработили людей, которых, возможно, ищут близкие?»

Шмидт снова поднял руки в знак защиты и усмехнулся, отвечая на то, что Мария усмехнулась.

«Хех. Итак, мисс Эстебан, вы, как и я, знаете, что по закону у зомби нет прав. Фактически, Совет ООН пришел к выводу, что любое исследование, которое может решить проблему зомби, отвечает интересам безопасности людей

должно затмевать любые права ближайших родственников».

Ромеро, усмехнувшись, вмешался, пока вопрос не превратился в спор. Шмидт радостно ухмылялся сзади.

«Я знаю, что вы все взволнованы, но завтра у вас будет достаточно времени для новых вопросов и ответов. А пока мы надеемся, что вы вместе с нами поужинаете на пляже».

ГЛАВА 2

Прежде чем кто-либо начал протестовать или Мария успела ответить на новые вопросы, группу вывели из комнаты в коридор.

Пройдя около 10 метров, сотрудников журнала Timely Magazine направили в другую тяжелую дверь из стали и стекла и отвели на свои места вместе с официантами-зомби. Каждый из них медленно дрожал, но как будто в вертикальном положении

насколько это было возможно, имитируя идеальную позу слуги.

«Мы с коллегами собираемся ненадолго уединиться в своей комнате, чтобы снять лабораторную одежду и надеть что-нибудь более удобное», — пояснил Шмидт.

Когда гости с материка заняли свои места, толпа служивших зомби начала накрывать стол и приносить к столу всевозможную вкусную пахнущую еду и напитки. Трупы выстроились в ряд из-за куста пальм. Предположительно, в некотором кухонном или обеденном здании, которое не было видно с точки зрения стола. Зомби, подававшие на стол, были одеты в уникальную одежду: чередовали шляпы дворецкого и шляпы с тропическими фруктами, как у банановой женщины из чикиты.

Мария была озадачена, когда поняла, что на трупах мужчин можно носить костюмы, а на женских — в стереотипной одежде тропических принцесс.

Посетители были сбиты с толку, увидев, как за столом на пир накрыли трупы мертвецов, которые бы ими полакомились, если бы роботизированные ошейники не могли полностью контролировать их.

Примерно через 30 минут, то есть около трех часов, к группе присоединились хозяева. Теперь вместо рабочих ботинок каждый из учёных носил на ногах яркие гавайские рубашки с цветочным принтом, разноцветные цветочные повязки, шорты-карго и сандалии. Доктора Шмидта сопровождала привлекательная платиновая блондинка средних лет в пухлом бледно-желтом сарафане. Мария задавалась вопросом, когда она сможет переодеться и устроиться поудобнее. К ученым, одетым в отпуск, также присоединилась горстка пожилых и богатых жителей острова, чьи деньги пошли на все это, а также на исследования Шмидта о нежити.

Солнце почти полностью зашло. Группа, собравшаяся вокруг обеденного стола, увидела только маленькую красную полоску, все еще сияющую над водой. Красное сияние отражалось в океанской воде и на белом песчаном пляже, окружающем их.

Доктор Шмидт стоял во главе стола, в дальнем конце стола от гостей. Стол был окружен огненными факелами тики, подсвечивающими свет. Их расставляли и освещали дрожащие слуги-нежить, которые совсем не боялись пламени, как гости, наблюдая за «дикими» зомби.

Слуги-зомби продолжали рыться взад и вперед к столу и обратно, принося к столу, казалось бы, бесконечный запас еды и подносы с бокалами шампанского. Теперь за столом был накрыт большой буфет: запеченная свинья, ростбиф, ананас, картофельное пюре, сочные кокосовые пироги, самая большая жареная морковь, которую когда-либо видели на острове, и многое другое.

«ДОБРО ПОЖАЛОВАТЬ!» Шмидт провозгласил.

Шмидт, продолжая стоять с громким жестом, представил свою команду и родственников, сидящих перед ним за столом.

«Вы познакомились с доктором Атласом Ромеро и моим замечательным сыном Хьюго. Это моя восхитительно красивая жена, Дорин!»

Ромеро и Хьюго сидели за столом напротив друг друга и смотрели вниз по столу на своих гостей с улыбкой на лицах. Жена Шмидта Дорин была немного полноватой. При ближайшем рассмотрении можно сказать, что в молодости её волосы, вероятно, были гораздо более тёмно-русыми; прокрадывающийся в них белый цвет придавал ей вид платиновой блондинки. По крайней мере,

Мария так и догадывалась. Приветливо глядя, она покраснела и ухмылялась от комплиментов мужа.

Шмидт поднял бокал шампанского и произнес тост за сидящих за столом. Его нос и щеки были розовыми, что свидетельствовало о том, что он уже успел побаловать себя алкогольными напитками, прежде чем снова собрался с гостями на ужин.

«Я хочу предложить тост! Нашим друзьям из журнала Timely Magazine, которые готовы поделиться новостями о нашем рае по всему миру!»

Зеб и Джереми сидели рядом друг с другом за столом. Между ними простиралась рука зомби, чтобы поставить на стол перед ними тарелку куриных крылышек. Оба мужчины повернули головы друг к другу с широко раскрытыми глазами и смотрели на гниющую руку зомби, которая появилась между ними.

Зомби в галстуке-бабочке и подносе в одной руке наклонился через плечо Марии, чтобы наполнить бокал шампанского. Этот зомби был более разложился, чем остальные, и вокруг него царила атмосфера гнилости. Лицо Марии искривилось от отвращения. Она смотрела на забывчивый анимированный труп, откинувшись от зомби, вторгшегося в её личное пространство. Она отошла от зомби как можно дальше и подняла руки в знак самообороны. Гнилостный запах оставался незамеченным до того момента, когда Мария сморщила нос и в самый неподходящий момент понюхала воздух.

Когда зомби повернулся и ушел, глаза Марии выпучились от отвращения от запаха. Она быстро закрыла рот рукой, избавив ее от рвоты. Один из богатых людей, сидящих напротив Марии, пожилой женщины, был потрясен широко раскрытыми глазами. Женщину потрясли не дрожащие трупы, к которым она привыкла, а рвотные звуки Марии.

Из уст Марии звучало только одно слово, близкое к словам: «Ура... хррумф...».

Светская львица, сидящая на противоположной стороне стола, восстановила

самообладание. Теперь она наклонила голову вверх, засунула нос в воздух и посмотрела на Марию. Мария все еще затыкала рот и смотрела на зомби боком охваченными паникой глазами, когда тот дрожал в сторону.

«Со временем ваше обоняние приспособится. Говорят, это все равно, что жить на ферме», — утешила занудная старушка.

Мария могла ответить только «черт возьми».

Мария вскочила со стула и убежала в темноту за растущими пальмами, а растерянная женщина смотрела на неё, выглядя немного озадаченной.

«Гугук», — несчастная Мария в темноте.

За столом Зеб и Джереми нервно усмехались из-за смущения, вызванного звуками рвоты Марии на заднем плане, которые начали замечать хозяева и другие гости.

«УРА!» Мария громко затаилась.

Зеб встал и нервно подошёл к столу, стараясь делать то, что считал нужным: быть дипломатом в их группе, как это сделала бы Мария.

«От имени нашей команды я хочу поблагодарить вас за гостеприимство и за то, что вы поделились с нами своей историей для журнала Timely Magazine», — поблагодарил Зеб.

«БУРЮ!» Марию громко стошнило из-за деревьев.

Зеб, все еще стоявший и слегка потрясенный, посмотрел на Джереми свысока. Теперь фотограф удобно откинулся на спинку кресла с тропическим зонтиком в одной руке, а в другой откусил большую куриную ножку, пока Зеб разговаривал. Зомби принес к столу новую миску картофельного пюре вместо пустой, которая теперь сидела перед Джереми, и тот, похоже, уже совсем не замечал дрожащей мертвецов.

«Так когда же эти ребята принесут десерт?» Джереми с радостью задал вопрос.

«ХУ-ХУ-ХУ-ХУРАААК!» Заткнул Марину кляпом во рту на заднем плане.

ГЛАВА 3

Примерно через 20 минут десерты и несколько смущенных извинений были готовы. Ромеро, Шмидт и Хьюго провели новостную группу обратно через пару больших стальных дверей, из которых они вышли ранее, и вернулись в длинный и широкий коридор. С правой стороны коридор был облицован дверями. Шмидт объяснил, что это были гостевые помещения, расположенные за исследовательским центром.

«Надеюсь, вы найдете наши гостевые номера наиболее удобными, — пояснил Шмидт. — В каждом номере есть полностью оборудованная роскошная ванная комната с джакузи, полноразмерный и полностью укомплектованный барный холодильник и многое другое».

«Злой!» Джереми воскликнул.

«Вы найдете свои сумки в своих комнатах. Если вам что-то понадобится, просто возьмите трубку в своей комнате. Оно будет передано непосредственно тому, кто находится на службе», — заключил Шмидт.

Доктор Шмидт выглядел гордым, хвастаясь помещениями для гостей и надев на лацканы лабораторный халат, который он свободно накинул поверх пляжной одежды. Мария повернулась к Ромеро, покраснев, выглядела застенчивой и смущенной.

«Я знаю, что я уже сказала это, а вы сказали, что все в порядке, но мне очень жаль за ужин. Мне так стыдно».

Все три учёных улыбались своим гостям и друг другу. Ромеро ответил краснеющей Марии с широкой очаровательной улыбкой.

«Все в порядке. Со всеми случается в первый раз», — утешил Ромеро.

После этого собрание ученых и журналистов было распущено, и каждый из них переехал в свои дома.

Через несколько мгновений Джереми начал рыться в своих изношенных кожаных сумках для оборудования с искривленным лицом и бормотал от отчаяния.

«Наверное, они принесли мою сумку для объективов не в ту комнату!» Джереми воскликнул.

Выходя в коридор, Джереми закрыл за собой дверь в свою комнату.

«Сначала я поговорю с Марией!» Джереми подумал про себя. «Я видел, как Ромеро избивал её. Сумка для отбросов! Думаю, пришло время сказать ей, как сильно я о ней забочусь!»

Рука Джереми быстро постучала в дверь Марии.

«Стучите! Стук!»

«Заходи!» Голос Марии раздался из комнаты.

Джереми медленно распахнул дверь, чтобы заглянуть в комнату.

«Привет, Мария! Вы видели мою сумку для объективов?» Спросил Джереми.

«Да, кажется, я видел это в сумках рядом с кроватью. Заходи», — раздался ее голос из роскошной ванной комнаты.

Джереми быстро заснув, вошёл. В глубине души он был не уверен, что Мария просто вежлива, и, возможно, он в нескромный момент вторгся в её личную жизнь. Нет ничего лучше, чем испортить отношения с девчонкой, раздражая ее, пока она пытается бросить курить. Он быстро обыскал багаж, лежащий рядом с кроватью Марии, и достал кожаную сумку с объективами.

«Нашел! Спасибо!» Джереми позвонил.

«Без проблем! Я только что заглянул в эту ванную, она потрясающая!» Мария перезвонила.

Джереми услышал очень дружелюбный и радостный голос Марии, доносившийся к открытому дверному проему ванной комнаты, поэтому он, естественно, посмотрел вверх, хотя уже шел к двери, чтобы вернуть коллеге уединение. Яркое прожекторное освещение в ванной комнате сияло так ярко, что он мог видеть только силуэт её тела. Его глаза выпуклись. Его рот от удивления широко распахнулся. Он был ошеломлен тишиной и застыл от шока. Несмотря на то, что он не мог разглядеть все детали, он заметил, что фигура и формы Марии стояли там совершенно обнаженной.

«Тебе стоит заглянуть в это джакузи вместе со мной!» она сказала.

Тем временем доктор Ромеро искал ключи, стоя у двери своего дома, примерно в полумиле ходьбы от исследовательской лаборатории сквозь тропическую зелень. Солнце уже давно зашло, и только один прожектор над головой освещал толстые лепной фасад и массивную деревянную дверь из западно-индийского ореха.

Когда Ромеро отпер и открыл дверь, раздался медленный стонущий звук, который доносился до тропического воздуха и переплетался с тихим стоном ветерка, дующего сквозь пальмы. Он вошёл, положил ключи на короткий столик и закрыл за собой прочную дверь, как и каждый вечер за три с половиной года пребывания на острове.

«Я рад, что я не на службе. У меня нет времени ждать наших гостей, когда я на пороге прорыва», — подумал про себя доктор Ромеро.

Ромеро вошёл в гостиную своего дома. Дом был со вкусом оформлен: фотографии в рамках на стене и акценты из орехового дерева повсюду видны на перилах, фортепиано, зеркальных рамах и многом другом. Он включил свет рядом с дверью. За входом было большое открытое пространство, которое служило и кухней, и столовой. В целом, вся обитель была чистой и элегантной.

Проходя мимо, Ромеро рассеянно повесил куртку на спинку стула, сидя за обеденным столом. Его мысли уже были в другом месте, сосредоточивались на более насущных вопросах и отвлекались на свои мысли.

«Это потрясающе. Коллеги, все научные журналы говорили, что это невозможно, во всяком случае, шанс один на миллиард, но... у меня получилось!» Он подумал.

Этот крепкий мужчина быстро направился по соседнему коридору, который выглядел стерильно.

Рука Ромеро осторожно потянулась к дверной ручке, когда он подошёл к концу коридора.

«Было настоящим подарком найти два хорошо сохранившихся экземпляра, которые были заражены совсем недавно... До сих пор не могу поверить, что у меня получилось!»

Ромеро, все еще не хвалящий себя, вошёл в комнату и спустился по небольшой короткой лестнице в свою мастерскую. Он беззаботно бросил леи, который был у него на шее, в ближайший контейнер для компоста. Ромеро с гордостью подошёл к самодельной стене из плексигласа, в которой была сделана самодельная защитная камера, где можно было припарковать машину.

Лицо Ромеро искривилось от взгляда безумного гения. Его глаза расширились, во рту раздалась широкая, глубокая улыбка ликования. Свет из камеры сиял на его обрадованном лице, отражаясь от его толстых очков.

«Я создал первую племенную пару!» Ромеро потрескивал.

Там Ромеро стоял и смотрел на часть своей мастерской за плексигласом, превращенную в импровизированную спальню, и держал в руках ручку. В комнате с прозрачными стенами были пара стульев и кровать, несколько ведер для мусора и верстак, который теперь не использовался из-за труднодоступных мест. Сквозь оргстекло Ромеро смотрел на лежащую на кровати женщину-зомби в испачканном, потрепанном сарафане с большим и опухшим животом. Вопреки общепринятому мнению, она оказалась беременной. Она была темнокожей коренной жительницей. За исключением пары неестественных серых пятен на коже, нескольких открытых язв на теле и дикого, бессмысленного взгляда в глазах. Все симптомы зомби-инфекции. Уровень её разложения был минимальным, и этого было достаточно, чтобы понять, что она зомби. Её глаза были широко раскрыты, и ей казалось, что ей было неловко и тяжело. Самец зомби шагал туда-сюда и смотрел на Ромеро сквозь толстый пластик, словно волк в клетке. Он был измучен и больше походил на голодающего туземца, чем на зомби. Он был немного более разгневан, чем самка, но, как и его спутница, он почти мог выдать себя за живого человека. На обоих ходячих трупах были контрольные ошейники, но в глазах самца мерцало что-то сердитое. Пол и постельное бельё были испачканы гнилью, гнилью и кровью, испачканной их кормлением.

«В любой день я стану свидетелем первого живого рождения зомби!»

Ромеро повернулся к соседнему верстаку, где на блюде лежал большой сырой стейк.

Ромеро поднес стейк к прорезанному отверстию в стене, в которое можно было положить еду.

Ромеро засунул стейк, и самец-зомби тут же прыгнул на него и вытащил его из рук Ромеро, жаждущий съесть.

«Аррр!» зомби зарычал. «Шлюп! Шлюк!»

Ромеро наслаждался звуком мертвецов, пожирающих холодное сырое мясо. Доктор ухмылялся, когда говорил в круглый металлический микрофон, встроенный в прозрачную стену.

«А теперь, Корнелиус, обязательно поделитесь информацией с Зерой», — отругал Ромеро.

В четверти мили к северо-востоку от дома Ромеро, вдоль проторенной песчаной тропы через пальмовые леса, жил сын доктора Шмидта, Хьюго.

Приехав домой после непринужденной прогулки, Хьюго вошёл в свою обитель. Тяжелые деревянные двери того же типа, что и в доме Ромеро, освещались в том же стиле, что и в доме Ромеро.

Несомненно, жилые помещения для молодых учёных острова были построены по тем же планам. Хьюго вытащил ключ из кармана, отпер дверь и вошёл. Внутренняя планировка дома совпадала с планировкой Ромеро, за исключением того,

что было совсем темно, и только свет, проникающий через открытую дверь, указывал на ужасный беспорядок. Каждый сантиметр пола был покрыт толстым слоем упаковок с продуктами, старых газет и журналов с обнаженной натурой.

«Ага! Ромеро, конечно, бросился уходить...» Хьюго подумал про себя. «Я знаю, что он работает над каким-то секретным проектом...»

Хьюго нажал на выключатель света, и вспыхнул бледный флуоресцентный свет. Тусклый свет показал, что планировка дома действительно была такой же, как и у Ромеро, за исключением того, что кухня и обеденная зона были завалены грязной посудой и мусором. В одном из углов обеденной зоны стоял телевизор, а перед ним стояло изношенное старое кресло, набивка подушек и пружины, вырывающиеся из рвов. В доме Хьюго было гораздо грязнее и тусклее, чем в доме Ромеро.

Хьюго прошел мимо той же мастерской, что и в доме Ромеро, к открытой двери спальни. Молодой ученый случайно бросил лабораторный халат на пол, поверх валявшегося там мусора.

«Что ж, пусть он пойдёт за тем, что он сочтет настоящим прорывом», — подумал Хьюго. «Когда все увидят, что я сделал, они будут восхищаться мной».

Хьюго вошёл в тускло освещенную и грязную спальню. В углу кровати стояли якорь и цепь, прикрученные болтами к стене.

«Мы заработаем миллионы! Наука прекрасна, но людей всегда больше интересовало мгновенное удовольствие», — злорадствовал младший Шмидт.

На лице Хьюго разнеслась жирная улыбка.

«Здравствуйте, дамы!» Она воскликнула.

В спальне было грязно и грязно; ковры и простыни были покрыты густым слоем засохшей крови и грязной плоти. Кровать была покрыта испачканными грязными простынями. В комнате находились три женщины-зомби, на каждой из которых были контрольные ошейники. На правой стене был довольно обветшалый зомби с длинными светлыми волосами. Она выглядела капризной и была прикована к стене кандалами и цепями. Кандалы стояли достаточно далеко от стены, а цепи были настолько короткими, что ей ничего не оставалось, как встать, раздвинув руки на голове в форме буквы V. На крайней левой стене другая женщина-зомби, коренная гаитянка, лежала на полу в куче, в полубессознательном состоянии, как будто потеряла сознание. Её руки тоже были прикованы кандалами к стене, но якоря были ниже, а цепи длиннее, поэтому её руки свободно свисали и хромали по бокам. Третья женщина-зомби лежала на кровати на четвереньках. Она раздвинула руки в виде буквы V в воздухе перед собой

о ней, потому что они были закованы в кандалы и прикованы к стене, а по обе стороны от изголовья кровати стояли якорем. У неё были длинные рыжие волосы и жёлтая майка с зелёным номером спортивной команды «67». Она была обнажена до пояса.

«Хуррг…», — застонала блондинка-зомби.

«Как только мир узнает, что мы можем использовать вас, красавицы, в качестве добровольных сексуальных рабынь, это откроет совершенно новый рынок!» заявил молодой ученый.

«Guurrbell…» — гаитянская зомби прохрипела сквозь струйку черной жидкости, исходящей изо рта.

Хьюго встал перед открытой дверью шкафа и разделась догола.

«Конечно, как и любой гений, которого неправильно поняли, я должен сам пройти все тесты, прежде чем смогу рассказать об этом кому-либо еще», — саркастически сказал Хьюго.

Хьюго стоял перед шкафом и теперь надел на себя специальный латексный костюм для всего тела.

Хьюго во всей своей красе стоял на краю кровати, одетый с ног до головы в белый костюм из латексной резины. На рту была прошита ширма, которая позволяла ему дышать, но защищала его от инфекции. Там было два отверстия для глаз, поэтому Хьюго носил лыжные очки, плотно застегнутые.

«Гурак!» рыжеволосый зомби застонал.

«О, мне тоже понравится, детка!» Хьюго ответил.

Хьюго расположился позади рыжеволосого зомби, расставив ноги.

Он крепко прижал их тела друг к другу. Когда он проник в неё, их два силуэта слились воедино. Женщина-зомби откинула голову назад. Звук, который она издавала, мог доставить удовольствие, но больше походил на гнев, агонию или шок.

«ОХ!» Она закричала.

ДЖЕРЕМИ И МАРИЯ СИДЕЛИ обнаженными в джакузи, целовались и корчились друг на друге в воде. У каждого из них была свободная рука с бокалом шампанского.

Через несколько минут пара опробовала кровать в затемненной комнате Марии. Джереми лежал на кровати с экстазом на лице.

Она ехала на нем в стиле наездницы, запрокинув голову и от удовольствия стонала.

«ОООО!» Мария застонала.

ЗЕБА ЭТО НЕ ВПЕЧАТЛИЛО, и если бы кто-нибудь еще был в комнате, они бы увидели это на его лице. Он сидел в постели и читал книгу Ника Хорнби в твердом переплете. Он носил бифокальные очки, расположенные низко на переносице. Он пытался мысленно заглушить шум, исходящий из комнаты Марии по другую сторону стены.

«Мы отправляемся на остров, полный зомби, и по какой-то причине нам приходится брать с собой людоеда!» Зеб пробормотал про себя.

«АААААААААААА!» Казалось, Мария в ответ застонала сквозь стену.

Мария ушла от Джереми. Они оба вспотели и были довольны, ухмыляясь, наслаждаясь послесвечением.

«АХ! Это... было... потрясающе!» Джереми засиял.

«Ух ты!» Мария сказала, все еще пытаясь перевести дух.

Мария зажгла сигарету, ухмыляясь и посмотрев боком на Джереми, который перевернулся и любовно посмотрел на нее.

«Я так давно хотела это сделать!» он признался.

«Я тоже», — по правде говоря, согласилась Мария.

Мария повернулась к Джереми и соблазнительно приготовила.

«Не могли бы вы стать дорогим человеком и вернуться в свою комнату? Я не пытаюсь грубить, но завтра мне нужно отдохнуть», — сказала она с хитрой усмешкой.

«О, конечно... конечно... без проблем», — запинался Джереми, удивленный этой просьбой.

«Спасибо большое, дорогая», — радостно ответила Мария.

Зеб все еще сидел в постели и читал, слегка ошеломленный звуками, доносящимися из стены, но не позволял им мешать чтению.

«Бедный дурак...», пробормотал Зеб.

ГЛАВА 4

Через несколько часов солнце взошло, и на этой крохотной кучке песка началась новая жизнь. Восходящее солнце освещало пыльный скотный двор с большим красным амбаром. Несколько участков грязи

были отсеяны, создав отдельные скотные дворы для разных животных. Скот бродил по амбару и по некоторым огороженным территориям. Вокруг скотного двора было несколько травянистых участков и деревьев, которые население острова сочло бы странными. Благодаря завозу плодородного верхнего слоя почвы стало возможным появление неместных видов. Как и на любой ферме, рядом с амбаром лежала большая куча навоза, который готовили компост под открытым небом. Здесь также был загон для свиней, где импортные свиньи охотно валялись в грязи, помогая немного избавиться от тропической жары. Зомби бродили по скотному двору, занимались различными сельскохозяйственными работами и сбрасывали свиные помои в кормушку. Один зомби, одетый в фермерский комбинезон, вывел корову из амбара, завязав на голове веревочную уздечку. Грунтовая дорога, проходящая вдоль скотного двора рядом с забором, создавала границу между укрощенной искусственной обстановкой и тропическими джунглями. После утреннего пробуждения за чашечкой кофе и легким завтраком доктор Шмидт провел для своих гостей пешеходную экскурсию по объектам и достопримечательностям острова и рассказал, как каждая из этих достопримечательностей способствовала его удивительным достижениям на благо общества и человека. В группу туристов входили Шмидт, Мария, Джереми, Зеб, Хьюго и Дорин.

«Скот и свиней привозят на лодке с небольшой фермы, с которой мы имеем дело в Порт-о-Пренсе», — пояснил Шмидт.

Группа стояла, опираясь на деревянный забор, и наблюдала за тем, как зомби-фермер вытаскивает корову на верёвке на открытый скотный двор. Зомби жаждал крови с широко раскрытыми глазами на корову. Некоторые другие зомби обратили на это внимание и увидели, как неохотная корова неохотно зашла в пустой загон. Некоторые из зомби начали броситься к ней навстречу. Корова нервничала и начала нервничать.

«Чтобы замедлить процесс разложения, зомби должны есть сырую мякоть каждые несколько дней», — продолжил Шмидт.

Теперь корова с каждой минутой нервничала с широко раскрытыми глазами и отчаянно дергала за веревку, на которой она держалась. Зомби-фермер держал верёвку левой рукой, а правой вытащил из переднего кармана комбинезона старомодный пистолет со стальным затвором, который врывает выдвижной стальной стержень в голову животного для убоя. Остальные зомби подошли все ближе и крепко кружили вокруг коровы.

«Поэтому мы разрешаем им, разумеется, устными командами кормить скот каждые несколько дней, чтобы они оставались в рабочем состоянии», — заключил Шмидт.

«Ага!» зомби-фермер застонал.

Группа зрителей встала у забора, а жители материка погрузились в тишину. Только Мария, благодаря своей толстой коже и профессиональному опыту, решилась на допрос врача. Она

У нее было осуждающее и вопросительное выражение лица, брови скептически выгнулись. Она держала в руках свой маленький цифровой диктофон.

На заднем плане, пока группа наблюдала, как зомби-фермер нанес смертельный удар из затвора. Тело коровы обмякло и упало. Зомби сразу же начали набрасываться на него. Хьюго опирался на

забор, равнодушно наблюдая за бойней. Зеб выглядел слегка отвратительным, лицо покрыто презрением. У Джереми были широко раскрытые глаза, как у ребенка, который только что узнал, что Санта настоящий. Он был удивлён тем, что

большой телеобъектив, висящий на веревке на шее.

«И я уверена, что все сделано по-человечески, доктор?» Спросила Мария.

«Ура!» Зомби стонали и рычали, пожирая бычью пищу. «АГА!»

«Конечно! Уверяю вас, животные ничего не чувствуют. Теперь давайте отправимся в исследовательский центр», — ответил доктор Шмидт.

ГРУППА ВОЗМУЩЕННЫХ журналистов, в отличие от своих равнодушных коллег из числа учёных, ушла от места бойни по грунтовой тропинке, ведущей от скотного двора. Густые влажные звуки кормящихся мертвецов За их спиной всё ещё было слышно, как воздух наполнялся, но по мере того, как они уходили всё дальше, всё тише. Вся группа, за исключением Джереми, пыталась оставить в прошлом воспоминания об ужасной сцене, которую они только что видели. В то время как другие Сосредоточившись на предстоящем пути или впустую болтая, Джереми продолжал оглядываться на сгущающуюся сцену кровавых разрушений, а отвращение на лице не мешало ему быстро делать снимки.

Шмидт поссорился с Марией, предложив ей замечательное научное предложение, на которое он опирался в своей статье. Лицо Джереми сморщилось от смешно преувеличенного отвращения, увидев, что доктор Шмидт ведёт себя так Откровенно дружелюбен к его любовным увлечениям.

«Ух ты!» Джереми ревниво пробормотал.

Вместе со своим гидом группа вернулась к большому белому зданию рядом с пляжем, в котором находилось большинство исследовательских центров и объектов острова. Небольшая прогулка по узкому коридору завершилась дверью повышенной безопасности, которая требовала сканирования отпечатков пальцев и сетчатки глаза. Шмидт положил руку на подушечку, заглянул в маленькое стеклянное отверстие в стене, и вскоре группа оказалась в лаборатории. Зал был большой, в нем было много белых стен, оборудования из нержавеющей стали и ручек со стенками из плексигласа с зомби. Вход и передняя половина лаборатории были подняты выше другой половины, где зомби жили в своих камерах. Это позволило исследователям взглянуть на них сверху, как на богов, смотрящих на творение свысока. Перед лабораторией стояли сверкающие рабочие столы из нержавеющей стали и холодильник. Все столы и столешницы были изготовлены из нержавеющей стали. На столах стояло различное стеклянное оборудование: флаконы, горелки Бунзена, стаканы и центрифуга для флаконов с кровью. Ромеро стоял за одним из рабочих столов и рассматривал образец в микроскоп. Когда группа вошла, доктор Шмидт открыл дверь и протянул руку в сторону комнаты.

«ДОБРО ПОЖАЛОВАТЬ В МОЮ ЛАБОРАТОРИЮ!» Доктор Шмидт заявил.

Ромеро посмотрел вверх и с широкой улыбкой повернул голову в сторону группы, хотя его взгляд, казалось, был устремлен на Марию. Мария слегка покраснела, а в ответ выглядела застенчивой и польщенной. Джереми заметил это, и его сразу же разозлило. Зеб закатил глаза на незрелые драки, происходящие в группе взрослых. Остальные участники группы сделали вид, что ничего не заметили.

«Привет!» Ромеро встретил с энтузиазмом.

«Привет!» Мария усмехнулась.

Зомби, запертые в прозрачных клетках, с большим интересом наблюдали за ходом процесса, глядя из затонувшей тюрьмы.

«Именно здесь доктор Ромеро, Хьюго и я провели большую часть наших исследований и сделали открытия», — пояснил доктор Шмидт.

Посмотрев вниз со своей точки зрения, посетители лаборатории сразу же начали наблюдать за зомби. Две ручки из плексигласа сидели рядом друг с другом, в каждой из которых сидел зомби. Зомби слева довольно хорошо сохранился. На нем было несколько пятен гниющей, обесцвеченной плоти; оно бы не выжило, если бы оно было близко. Тот, что был справа, был худым и истощённым; его кожа была кожистой, покрытой трещинами от разложения. В каждой камере был большой цементный шлакоблок.

«Как вы можете видеть, зомби слева сохранился гораздо лучше, чем зомби справа», — говорит Шмидт.

Шмидт повернулся к гостям и продолжил разговор, гордо ухмыляясь и дергая за лацканы пиджака.

«Хотя они заразились примерно в одно и то же время, мы просто кормили левого человека большим количеством сырой мякоти, а правого — очень и очень умеренно».

Джереми снова посмотрел на двух зомби. Теперь у каждого из них были выпуклые глаза, и они смотрели на шлакоблок в своей камере.

«Патоген зомби питается плотью, поддерживая работу коры головного мозга. А теперь... возьмите шлакоблок одной рукой и поднимите его над головой!» Шмидт командовал зомби.

Оба зомби наклонились вперёд и потянулись к своим шлакоблокам. Каждый зомби поднял над головой свой шлакоблок. Рука, державшая шлакоблок на худеньком зомби, слегка покачивалась. Джереми сделал снимок.

«У каждого из них достаточно мышечной силы, чтобы поднять 20-фунтовый блок», — пояснил Шмидт.

У истощенного зомби на глазах у съемочной группы журнала буквально оторвалась рука. Рука и шлакоблок упали на землю. Похоже, что сморщенный, почти мумифицированный зомби не испытывал ни боли, ни удивления. Он просто посмотрел на свою руку и, словно в замешательстве, рухнул о землю, слегка наклонив голову.

«Но у истощенного тела нет сил удержать его. Конечность просто отламывается», продолжил Шмидт.

Изможденный зомби, как ни в чем не бывало, убежал и вернулся к своему делу заходить в камеру. Джереми сделал снимок.

«Ага!» зомби застонал.

«Не имея живых болевых рецепторов, зомби не страдает и продолжает жить так, как хотелось бы», — заключил ученый.

Шмидт посмотрел на другого зомби свысока и отдал твердый приказ.

«Поставьте свой квартал».

Зомби поставил свой блок в соответствии с требованиями и продолжал бродить по вольеру. Мария шагнула вперёд и вместе с обвинительным взглядом указала пальцем на грудь доктора Шмидта.

«Вы сказали «патоген»! Означает ли это, что вы проводите эксперименты на живых людях, инфицированных вирусом?» Мария обвиняется.

Сначала доктор был слегка удивлен, ошеломлен.

В целях самообороны Шмидт раздвинул руки вверх, покачал головой и усмехнулся над обвинениями Марии.

«Хех. Нет, нет, мисс Эстебан. Хотя возбудителем зомби является вирус, к сожалению, он приводит к летальному исходу уже через несколько минут после заражения», — пояснил Шмидт.

Шмидт посмотрел на диаграмму, висящую на стене в лаборатории, и указал на нее своей надежной пластиковой указкой. На рисунке было изображено тело человека в поперечном разрезе с деталями желудка, пищеварительной системы, сердца и системы кровообращения, головного, спинного мозга и нервной системы. Джереми сделал снимок.

«Сначала вирус поражает кровеносную систему, в результате чего сердце в течение нескольких минут приводит к фатальной остановке».

УКАЗАТЕЛЬ ШМИДТА ПОПАЛ В ЖЕЛУДОК И ПИЩЕВАРИТЕЛЬНУЮ СИСТЕМУ.

«Пищеварительная система изменяется, нижние отделы кишечника и кишечника полностью отключаются, а остальная часть организма удерживает и сохраняет съеденную мякоть до тех пор, пока она полностью не всасывается в организм, не образуя отходов».

Теперь Шмидт указывал указкой на головной и спинной мозг и, продолжая объяснять, с волнением смотрел на участников группы. Небольшая часть мозга на диаграмме была выделена другим цветом: часть в задней части мозга, прикрепленная к спинному мозгу.

«Мозг почти полностью отключается, за исключением этой небольшой части. Он подает электрические импульсы в нервы и мышцы спинного мозга, поддерживая оживление трупа».

Теперь Шмидт снова с гордостью повернулся лицом к группе, ухмыляясь и хвастливо улыбаясь, держа одной рукой указку, а другой — лацкан.

«Вот почему мой контрольный ошейник работает! Потому что он воздействует непосредственно на кору позвоночника и соответствующим образом регулирует эти импульсы!» Шмидт заявил.

Шмидт повел группу обратно к двери лаборатории. Они медленно пошли за ним.

«СЕЙЧАС! ПРИШЛО ВРЕМЯ обеда, поэтому давайте совершим экскурсию по кафетерию». Доктор Шмидт усмехнулся.

Когда группа вышла из лаборатории в коридор, Мария отстала, посмотрев на диктофон, который она держала в левой руке, а другая рука свободно висела на боку. Когда Джереми проходил мимо, он протянул руку и потянулся к ту, которая безвольно висела у неё под боком.

Джереми схватил Марию за руку.

Мария сердито оторвала взгляд от диктофона и недоверчиво кричала на него.

«Не сейчас, когда мы работаем!» Она ругала.

Джереми неожиданно отступил, словно собака, застрявшая в процессе вытаскивания еды со стола.

Через несколько мгновений вся группа пошла по коридору. Джереми откинулся на спинку кресла, всего в нескольких футах справа от Марии. Щеки Джереми покраснели от смущения; он выглядел нервным. Мария продолжала смотреть на него боком, не впечатляя. Зеб и остальные члены группы пошли вперёд. Зеб опустил голову и недоверчиво покачал ею. Все остальные притворились, что ничего не заметили, неловко смотрели в разные стороны, изучали воображаемых насекомых или вдруг ставшие интересными узоры на потолочной плитке.

«Давайте постараемся сделать все профессионально», — предложила Мария.

«Эх, извините...» Джереми по-овчарски усмехнулся.

## ГЛАВА 5

Тем временем зомби-фермер ворвался в огромный амбар, готовясь принести в жертву еще одну корову своим фермерам и островным рабочим.

Когда он ворвался в загон для коров, находившаяся там корова сильно взволновалась. Запах крови, все еще витавший в воздухе, заставил ее нервничать, и этот ходячий труп, нарушающий её личное пространство, никак не повлиял на её темперамент. Корова раздраженно оглянулась через плечо на зомби. У коровы сработал инстинкт борьбы или бегства. Она втянула заднюю ногу, намотав толстую мышцу и прицелившись как могла.

Толстое черное копыто, прикрепленное к большой мощной ноге, двигающейся по воздуху. Задняя нога коровы в полную силу ударила зомби ногой по голове. Когда зомби внезапно оказался в воздухе, в амбаре раздался слышимый хруст костей. Хотя его скелет был серьезно поврежден, зомби остался целым и невредимым. Он обнаружил, что пролетел через открытую дверь амбара и приземлился на близлежащий забор. Сила мощного удара ударила по дуге, а ноги зомби все еще в нескольких сантиметрах от земли, а небольшая часть его спины столкнулась с верхней ступенькой забора. От сильного удара зомби, вес которого заставил зомби перебраться через забор и наткнуться на грязь с другой стороны.

Зомби с громким стуком приземлился на пыльную траву. Его тело было как можно ближе к тому, что можно было назвать шоком. Поскольку он, по сути, был биологическим автоматом, он сразу же попытался восстановить равновесие и, шатаясь, направился к соседней линии деревьев.

Зомби попытался встать, его ноги шатались, а все тело шаталось неуверенно.

«АГА!» Она застонала от разочарования.

Это было безрезультатно. Зомби потерял равновесие и упал боком в линию деревьев.

«ГАААААААААААААА!»

закричал бедный мудак-нежить.

На этом все могло закончиться. Зомби мог бы восстановить равновесие и встать на ноги, продолжая заниматься своим делом, потому что зомби не чувствуют себя смущенными. Он бы так и сделал, если бы тропическая листва не скрывала еще одного сюрприза. По другую сторону линии деревьев был крутой скалистый холм. Твердые и неумолимые щебни стекали вниз с высоты 15 футов к песчаному пляжу внизу. Зомби-фермер всколыхнулся, споткнулся и начал стремительно спускаться по крутому склону скалы, ударяя и разбивая кости и части тела со всех неподвижных скал по пути вниз. Короткое падение нанесло удар по его и без того безжизненному телу. Если бы кто-нибудь из живых людей побывал на близлежащем пляже, он бы услышал громкие звуки ударов костей и мышц о камень. Падение рабы-нежити в конце концов закончилось, и под действием всей силы тяжести его голова столкнулась лицом к лицу с валуном на пляже.

Зомби, одетый в плед и комбинезон, неподвижно лежал на пляже в скомканной куче.

Сцена оставалась неподвижной, а через несколько минут все еще было тихо, как в могиле.

«УУУУУУУУУУУУУ!» Гниющий труп начал дёргаться, раздался стон.

Внезапно взорвавшись, зомби сел на колени, быстро моргнул и оглянулся по сторонам. Он смотрел вдаль, словно луговой собачка из штата Юта, как будто к нему вновь вернулся интерес к жизни.

Его ошейник управления лежал сломанным в песке неподалеку, а механизм защелки был сломан, когда он ударился о скалу.

Теперь он посмотрел вниз на скалу, и его разбитое лицо несколько озадачено.

Он посмотрел на две сломанные половинки воротника, лежащие на песке.

Через мгновение он наклонился вперёд и поднял их.

Зомби поднял над головой две половинки ошейника и издал леденящий кровь звук.

«ГАААААААААА!!» оно закричало от победы.

Через несколько мгновений в соседней роще дружная группа зомби бродила по краю пляжа и собирала манго.

Один из них посмотрел в сторону и с половинкой заметил, как избитый, избитый и без ошейников зомби-фермер тащится вперёд. Зомби без воротника собрал всю свою волю и стоял высоко, гордо и дерзко. Он выглядел сердитым, с выгнутыми бровями, сжатыми зубами, сжатыми руками над головой и обхватом тёмного тяжёлого камня руками. Зомби, одетый в комбинезон, бросил всю тяжесть скалы на плечи своего товарища по сбору манго.

## ГЛАВА 6

Стены кафетерия были окрашены в тот же белый цвет, что и внешние стены здания. Оно выглядело и казалось очень стерильным. Еду подавали из бункеров из нержавеющей стали на подносы из нержавеющей стали и переносили на столы из нержавеющей стали. Ученые, журналисты и другие сотрудники исследовательского центра носили лабораторные халаты, сидя на длинных скамейках из нержавеющей стали, прикрепленных к столам, и ели кордон блю или вегетарианские гамбургеры, в зависимости от предпочтений. Все беззаботно ели и болтали, за исключением Джереми, который играл со своей едой и смотрел на Марию. Со своей стороны, Мария совершенно не обращала на это внимания и говорила с Хьюго о том, каково работать под руководством отца и каково жить молодому человеку на тропическом острове в окружении богатых и пожилых людей.

Джереми продолжал с нетерпением смотреть на Марию.

«Она такая красивая», — подумал про себя Джереми. «Я так долго её любил! Не могу поверить, что мы наконец-то встретились. Надеюсь, я ещё не успел выставить её в непрофессиональном свете. О чем я думала?»

Джереми смотрел свысока на свою еду, выглядя несчастным и встревоженным, снова играя с ней.

Зеб заметил это, наблюдая за ним из-за стола, покачивая головой или закатывая глаза.

Вдалеке, за спиной Джереми и через плечо, вход в кафетерий стоял с распахнутыми дверями, из которых открывался прекрасный вид на задний коридор. Несколько лаборантов, которые в то время не обедали, внезапно в панике побежали к этой двери в другой коридор.

ГЛАВА 7

Небольшая группа толстых, потных, богатых людей сидела, загорая под тропическим небом, собралась вокруг бассейна курорта. Богатые люди сидели, попивая напитки, которые подавали зомби у бассейна. Другие консьержи-мертвецы стояли рядом, совершенно неподвижно и ждали, чтобы предложить им задрапированное на руки полотенце.

Через открытый кованый забор и ряд декоративных кустов топиариев незаметно для гостей у бассейна выскочили несколько зомби без контрольных ошейников (бывшие уборщики манго).

Зомби без ошейника подкрался к зомби с воротником, который стоял у бассейна с полотенцем. Освобожденный зомби схватил своих порабощенных братьев за плечо и привлек внимание последних. Два ходячих трупа мертвецов на мгновение смотрели в глаза.

Зомби, стоящий на вешалке для полотенец, бросился вперёд с неожиданным взглядом на его лицо, когда его неконтролируемый родственник толкнул его сзади.

У зомби дрогнули руки, когда он с надписью «Sploosh» упал в идеально хлорированную и регулируемую по температуре воду. Это событие привлекло внимание и любопытство гостей у бассейна; несколько купальщиков с отвращением ушли. Приятно было взять полотенце от зомби, но не поплавать в одном бассейне. Вода затихла и затихла.

Через несколько мгновений голова зомби, стоящего на вешалке для полотенец, медленно выскочила из мелкого края бассейна. Он выглядел сердитым, воротник управления зашипел, а его контрольный воротник искрился.

Зомби поднялся по пандусу в мелководном конце, который служил входом в бассейн, и при этом уронил полотенце. Когда слуга-нежить медленно направился к бассейну, светящиеся огни на его воротнике мигали и погасли. Ошейник потемнел, в последний раз вспыхнула искра, затем электронная защелка распахнулась, и воротник упал на камни в патио у его ног.

Вся сцена прошла незаметно для пожилого мужчины, лежащего в шезлонге. Его глаза были спрятаны за толстыми черными линзами, отпускаемыми по рецепту, а грудь покрыта густыми серыми матовыми волосами на теле и украшена большими золотыми цепочками и медальонами. Его лысую голову закрывала соломенная шляпа от солнца. Мужчина продолжал бездельничать, не обращая внимания на темные очки, а рядом с ним лежало несколько пустых бокалов для коктейлей.

Когда ноги зомби попали в его периферийное зрение, он наконец заметил это и отдал еще один приказ, протянув руку к зомби и размахивая пустым бокалом для коктейля.

«Очень хорошо! Принесите мне еще одно кислое амаретто!» приказал пожилой мужчина.

Бывший мальчик-нежить, сердито наклонился вперёд и, зная, что он смотрит в глаза волосатому джентльмену, бросился вперёд. Глаза мужчины внезапно расширились от узнаваемости. Прежде чем он успел отреагировать, зомби, который прокрался внутрь и затолкнул зомби с полотенцем в бассейн, впился ему в лицо зубами. Вскоре за ним последовал мальчик-полотенцесушитель, который вдребезги врезался в тело пылающего предплечья мужчины. Из ран потекла кровь. Мужчина издал леденящий кровь крик, а несколько других освобожденных зомби у бассейна бросились вперёд, словно стая голодных собак, откусывая у него большие куски плоти.

Там, где раньше царило спокойствие, теперь воцарился хаос. Паникующие люди начали бегать и кричать, на многих напали несколько освобожденных зомби.

Хаос продолжался: зомби нападали и пировали живых. Сцена из реальной жизни была ужаснее любого фильма о живых мертвецах. Недавно освобожденный зомби с широкими глазами, присевший у бассейна и жующий человеческую руку, словно куриное крылышко.

ГЛАВА 8

За пределами исследовательского центра освобожденные зомби бродили и ворвались в пыльную зону за толстыми стеклянными и стальными дверями учреждения.

Несколько научных сотрудников в лабораторных халатах бесцельно побежали к пляжу, в ужасе и криках от преследующих их зомби. В панике они рассеянно оставили дверь слегка приоткрытой.

В коридоре и вниз по коридору научный сотрудник вышел из лаборатории и оглянулся на коллегу, который сидел за микроскопом. Она не заметила приближающегося к ней зомби.

«Я просто сопоставлю характеристики с...», — начала она.

Зомби в коридоре бросился в горло ассистента. Когда молодая женщина от ужаса пылала руками, в ее глазах текла кровь.

«ААААААААААААААААААААААА она закричала.

В коридоре ученые и журналисты, заканчивавшие обед, услышали крик и с внезапным интересом посмотрели на открытую дверь. Паникующий ученый-исследователь, темнокожая женщина средних лет в лабораторном халате с длинными заплетенными косичками волосами, выбежала из коридора и с криком закричала в открытый дверной проем кафетерия.

«Доктор Шмидт! Что-то произошло! Испытуемые освободились от ошейников и начали атаковать!» Она закричала.

Голодный зомби схватил женщину из дверного проема. Спускаясь вниз, она закричала, беспомощно ища что-нибудь в руках, а зомби утаскивал ее от входа в коридор, скрываясь от глаз.

«ГААААААААААААА!» зарычал зомби

«ШЕЕЕЕ!!!» Женщина издала свой последний крик.

Обычное мягкое самообладание доктора Шмидта исчезло. Его лицо было олицетворением беспокойства и паники.

«О боже».

Мария сердито встала со своего места, повалила поднос на пол и в ярости указала пальцем на Шмидта.

«Я думала, вы сказали, что этого не может произойти!» она обвинительно сказала.

Ромеро встал и попытался успокоить всех, стараясь сохранять спокойствие в очень серьезной ситуации. Старший врач протянул руки, пытаясь навести порядок в ситуации, находящейся на грани извержения.

«Хорошо! Не паникуйте! Мы уже это запланировали! Весь персонал должен хранить в себе наборы для выживания с надувными плотами. Запасные части находятся в главной лаборатории», — пояснил Ромеро. «Мы бьем тревогу, и все поймут, что нужно эвакуироваться и бежать к берегу, чтобы спастись».

Мария повернулась и посмотрела на Ромеро, и проблеск надежды развеял ее панику.

«Итак, мы бежим в лабораторию, берем пакеты и побежим к берегу?» Мария с надеждой спросила.

«ДА!» Ромеро ответил с энтузиазмом.

Вскоре разношерстная команда учёных, врачей и журналистов осторожно и почти смешно выглядывала из дверей кафетерия в поисках безопасности. По всему коридору по белым стенам были разбросаны кровь и толстые черные телесные ткани, но зомби не было видно.

Вся банда бросилась в бой и бросилась по коридору к ближайшему выходу.

«ВПЕРЁД! ИДИ!» Зеб подбадривал группу, бегая на полной скорости.

Злой зомби выскочил из дверного проема одной из лабораторий посреди бегущей стаи и напугал их. Мария была на переднем плане, намного опередив остальных. Она оглянулась через плечо, но не сбавила обороты, чтобы убедиться, что с друзьями все в порядке.

«РРРРАААААААААААААААА! зомби зарычал.

«СМОТРИТЕ!!!!!» Джереми закричал от испуга.

РУКИ ЗЕБА ОБХВАТИЛИ огнетушитель, установленный на стене коридора.

Зеб ударил зомби огнетушителем по голове, отбив ему голову, покатился по напольной плитке и спас всех.

Голова зомби взлетела по воздуху и отскочила от пола, пока банда продолжала бежать.

Когда группа прибыла в лабораторию, Ромеро быстро снял отпечаток руки и сделал снимок сетчатки, и все они выплеснулись в дверь. Когда у них перехватило дыхание, Ромеро уже нажал выключатель, чтобы включить предупредительную сигнализацию. У всех живущих на острове барабанных перепонки раздавался громкий пульс. Крепкий маленький доктор не упустил ни секунды и уже вытаскивал спасательные рюкзаки из-под рабочего места из нержавеющей стали, а Мария шла прямо за ним.

«ВОТ ОНИ! КАЖДЫЙ ВОЗЬМИТЕ ОДНУ!» Ромеро заказал.

Вместе ученые, создавшие ситуацию, и журналисты взяли с собой в руки наборы для выживания, которые давали отчаянный шанс на жизнь. Вскоре все семеро — Зеб, Мария, Джереми, доктор Шмидт, доктор Ромеро, Дорин Шмидт и Хьюго — были в рюкзаках и стояли у двойных стальных дверей, ведущих на улицу.

«Хорошо... ВПЕРЕД!» Ромеро подал сигнал.

Группа ворвалась через двери в яркий солнечный внешний мир. Они бежали в полном темпе и направились к пляжу. Голодные зомби бродили по окрестностям, набрасываясь на них. Повсюду были разбросаны обезображенные трупы и части тела. В хаосе бегал неинфицированный скот, наслаждаясь новой свободой. Судя по всему, после освобождения фермеры-зомби оставили ворота открытыми, предпочитая человеческую плоть сельскохозяйственным животным.

Помимо исконных островитян и импортных зомби, которых использовали в качестве рабов по управлению воротничком, появилось много новых зомби.

В ряды недавно появившихся мертвецов вошли ученые, сотрудники исследовательских центров и состоятельные отдыхающие в париках и спидосах.

Почти сразу Дорин Шмидт окружили зомби. Несколько человек сразу же набросились на нее, потянули и съели, а она закричала и отчаянно потянулась к остальным членам группы, которые все еще бежали.

«ОООООООООООООООО Её крики пронзили тропический бриз.

Шмидт, услышав печальный голос жены, повернулся и посмотрел, что с ней происходит. Его лицо было полно шока и печали. Он протянул руку помощи со слезами на глазах и пытался вернуться, чтобы спасти её, но Зеб

Крепко схватил его за плечо и оттянул.

«НЕТ! ДОРИН!» Шмидт закричал.

«ДА ЛАДНО, ДОКТОР! ТЕПЕРЬ ВЫ НЕ МОЖЕТЕ ЕЙ ПОМОЧЬ!» Зеб в ужасе объяснила.

Мария и Джереми, опередившие остальных членов группы, на мгновение остановились на пляже рядом с куском кустарника, чтобы перевести дух и оглянуться назад и увидеть ужасную судьбу Дорин. Пара с нетерпением ждала берега, чтобы найти путь к воде, где их окружили бойня и полчища мертвецов.

«Божья Матерь», — безнадежно пробормотала Мария.

Джереми подошёл к Марии, положив руку ей на руку.

«Все хорошо, у нас все получится», — успокоил он.

Джереми смотрел на белый песок. Он видел, что на левой стороне пляжа было меньше зомби, чем на правой, где их было в два раза больше. По мнению Джереми, это означало бы удвоить шансы на выживание, если они уйдут в направлении, где меньше хищных мертвецов. Джереми крепче схватил Марию за плечо и указал на отверстие в песке.

«Мы справимся, если пойдем туда, где их будет меньше», — пояснил он.

Джереми схватил Марию за плечи и посмотрел ей в глаза.

«Что бы ни случилось, я не позволю, чтобы с тобой случилось что-то плохое. Я так долго ждала. Теперь, когда ты у меня наконец-то появился, я не собираюсь отпускать!» Джереми признался.

Мария на мгновение замолчала и удивилась, пока на ее лицо не попало тепло и покраснело щеки.

Мария вырвалась из рук Джереми и оттолкнула его.

«У меня есть? У МЕНЯ ЕСТЬ?!? Я трахнул тебя! Вот и все!» латиноамериканская душераздирающая запиналась.

Когда Мария начала читать лекцию, сердце Джереми захлестнуло. Никто не знал, что за спиной Джереми подкрадывается зомби.

«Знаете? Это как в отпуске?! Не могу поверить, что вы думали, что мы станем парой, когда вернемся!»

Мария заметила зомби на плече Джереми и оттолкнула своего будущего жениха назад, к чудовищу мертвецов.

Когда зомби грозно навис над ним, Джереми упал на песок.

«Простите, лох!» Мария закричала и отправилась в полный бег по пляжу.

«URRRR», зомби угрожал Джереми.

Зомби набросился на рыжебородого фотографа, набросившись на рыжебородого фотографа. Джереми успел присесть на спину, засунув ноги в грудь зомби, чтобы руки и зубы не соприкасались с ним. В гневе и отчаянии от всего случившегося у самого Джереми сжались зубы. Он отбивал слёзы горя и одновременно боролся за свою жизнь.

«АААА!» Джереми закричал от гнева, выгоняя с себя зомби.

Молодой человек быстро схватил свой рюкзак для выживания в поисках чего-то внутри. Рука Джереми вышла из сумки, держа в руках ракетный пистолет. Его руки сжались, и, несмотря на панику, он также обнаружил коробку с ракетными снарядами.

Перед ним зомби, которого только что выгнал Джереми, вскочил на ноги из пыльной земли.

«ААААААААААААААААА!» зомби выразил свое неудовольствие.

Чудовище снова сердито бросилось к Джереми, распахнув рот и протянув руки. Джереми поднял сигнальный пистолет, целившись в туловище зомби.

БЛЭМ!

Через доли секунды зомби летел в обратном направлении по воздуху, попав в грудь ракетой.

Джереми дерзко стоял, держа в руках дымящийся ракетный пистолет, и выглядел сердитым, а если бы Мария смотрела, ей пришлось бы признать, он был бы довольно крут.

«Ладно, ублюдки, сегодня я почти сыта по горло», — объявил Джереми.

Джереми отрубил голову другому зомби, находившемуся неподалеку, своим сигнальным пистолетом.

БЛЭМ!

Мария добралась до открытого песчаного участка у берега, к которому она стремилась, а за ней последовали Зеб и доктор Шмидт, испытывающий трудности. Все трое оглянулись на Джереми с удивлением, увидев, как он уничтожает вдалеке зомби.

Теперь Мария смотрела.

«Ух ты», — пробормотала она, удивленная тем, как сильно недооценила мужчину, с которым она влюбилась накануне вечером.

Доктор Шмидт оглянулся и впал в панику, возобновив борьбу.

«Подождите! Где Хьюго и доктор Ромеро? Без них я не поеду! Я должна найти своего сына!» Шмидт потребовал.

Зеб был строг и не был впечатлен, но перестал бороться с доктором. У него было слишком много других поводов для беспокойства.

«Отлично! Пойди найди их. К черту побег на пляже. Мы с Марией можем пойти по береговой линии к вертолету. Мы уезжаем через 15 минут», — по правде говоря, заявил Зеб.

ГЛАВА 9

Шмидт в панике побежал через пляж к исследовательскому центру, уклоняясь от набегающих зомби с широко раскрытыми и испуганными глазами.

Зеб и Мария побежали по песку в противоположном направлении, когда они бежали к вертолету, слегка плескавшиеся волны плескали их ботинки.

Шмидт споткнулся и увернулся к Джереми, вздыхая от напряжения. Джереми просто уставился на него.

«Х-Хьюго и... доктор Ромеро пропали... где-то. -Остальные... ждут на... вертолете», — умудрился Шмидт.

Джереми зарядил ракетное ружье ещё патронами, а Шмидт как раз успел послушать доктора, а затем, подняв ружье и выстрелить, уничтожив зомби, который подкрался к извилистому человеку.

Джереми холодно и серьезно посмотрел на Шмидта.

«Тогда пойдем за ними».

Джереми тут же оторвал голову зомби, который шагнул вперёд, чтобы преградить ему путь в исследовательский центр. За спиной, почти спиной к спине, доктор Шмидт выкопал из своего рюкзака для выживания орудие, способное прочно закрепиться. Шмидт ударил ножом зомби, который набросился на него прямо в грудь. Лопата мокрым «пятном» погрузилась в гниющую плоть!

Джереми и добрый доктор шли по пыльной грунтовой дороге вглубь густого тропического леса, где со всех сторон толпились зомби. По изношенной тропе Джереми и доктор Шмидт продолжали сражаться с окружающими их зомби. Джереми выстрелил из сигнального пистолета и ударил зомби ногой, отбросив его назад. Шмидт с удивительной легкостью отрубил голову другому зомби.

Человеческая рука протянула руку из близлежащего куста и крепко схватила Джереми за запястье.

Джереми повернул глаза, холодно прищурившись и направив сигнальный пистолет прямо в голову грабителя.

Доктор Ромеро запаниковал, когда сигнальный пистолет прижал его к лицу.

«Не стреляйте», — умолял Ромеро.

Джереми смотрел на него холодно и раздраженно.

«Почему ты не побежал на пляж?» Спросил Джереми.

«У меня... у меня дома есть важные исследования, которые я не могу покинуть!» Он запинался.

Казалось, что в зомби наступило затишье. Поэтому Джереми спрятал сигнальный пистолет себе в пояс. Шмидт завис рядом с наготове лопатой.

«Что ж, очень жаль, потому что как только мы найдем Хьюго, мы подойдем к вертолету и уйдем», — сказал Джереми.

Шмидт похлопал Джереми по плечу, обратив внимание на соседний дом, который частично виден сквозь деревья.

«Хорошо, потому что это дом Хьюго», — сказал Шмидт.

## ГЛАВА 10

Вернувшись на пляж, Зеб и Мария подошли к вертолету.

Зеб закричал: «Выглядит ясно! Мы должны иметь возможность удержать их из вертолета».

Зеб остановился и мрачно посмотрел на Марию.

«Если их не будет через пятнадцать минут, мы должны уйти!»

«Зачем ждать? Наверное, они мертвы!» Мария закричала в ответ.

Зеб выглядел еще мрачнее и был немного возмущен ответом Марии.

Он отвернулся, не обращая внимания на её заявление, сказал только «Хумф...»

Зеб вошел в темную, пустую, открытую часть вертолета.

«Здесь должно быть оружие и припасы...»

Из темноты

голова зомби выскочила и ударила Зеба по плечу.

«ААА!» Зеб закричал.

Из вертолета появилось еще несколько зомби, которые начали кусать разные места на теле Зеба.

«АААААААААААААААААААААААААААААААААААААААА.

Зеб кричал от агонии, когда трупы вытаскивали куски плоти из его тела.

ГЛАВА 11

Джереми, Шмидт и Ромеро осторожно подошли к входной двери дома Хьюго. Тяжелая входная дверь была слегка приоткрыта, и трое мужчин стояли у двери, погружаясь в тихий страх. Шмидт кончиком своей вооруженной лопаты медленно распахнул дверь до конца. Мужчины прищурились и заглянули в темный и грязный дом. Они осторожно залезли внутрь на цыпочках, умы были в состоянии боевой готовности.

«Хьюго?» Надеюсь, отец молодого человека спросил вслух.

Все трое медленно вошли в дом, осторожно пробираясь сквозь весь мусор на полу. Джереми держал сигнальный пистолет обеими руками, опустил его перед собой и был готов. Шмидт безвольно держался за лопату и тащил ее за собой. Ромеро осторожно обыскал шкаф в прихожей, нашел бейсбольную биту и перетянул ее себе на плечо.

Хьюго стоял в конце коридора, ведущего в спальню. Он надел штаны поверх латексного костюма для всего тела, а капюшон откинулся назад и обнажил лицо. Его глаза потемнели и обесцветились, щеки приобрели странную зеленую бледность, словно начинающую тлеть. Несмотря на очевидный факт превращения Хьюго в мертвецов, которых мужчины отчаянно пытались обойти стороной, доктор Шмидт выстоял и уверенно потянулся к сыну, желая сделать шаг вперёд и взять его под отцовскую защиту. У ног Хьюго стояли три сексуальных рабыни-зомби, которых он скрывал в своей комнате. У каждой наложницы нежити воротник управления был заменен шейным кандалом, прикрепленным к цепочке, другой конец которой крепко держался в руке Хьюго. Любители зомби в кандалах сидели на корточках и смотрели на живых людей, которые осмелились проникнуть в их промозглую обитель, словно хищные дикие животные.

«Папа. Познакомьтесь с девочками», — раздался хриплый отдаленный голос Хьюго.

Реальность начала погружаться в реальность. Доктор Шмидт быстро пришел в ужас.

«Боже мой, Хьюго, что ты сделал?» Шмидт запинался.

На медленно зомбирующем лице Хьюго утонуло. Он выглядел удрученным, побежденным и подавленным.

«Хех... думал, ты бы мной гордился. Мы бы заработали кучу денег», — сказал Хьюго этим далеким и быстро меняющимся голосом.

Хьюго посмотрел вверх и посмотрел на него своими испорченными глазами и зеленым лицом.

«... если бы костюм не протек», — выцарапали его голосовые связки.

Тело Шмидта дрожало, охваченное отвращением и ужасом.

«Деньги? Мне не нужны деньги! Это мерзость!» Шмидт боролся с чувством предательства и слезами.

«ОЙ! Не говори так, папа! Они милые девочки! Тебе просто нужно с ними познакомиться!» Голос Хьюго пробивался сквозь каждый слог, и на его губах начинали брызгать тёмные пятна крови.

На обесцвеченном лице Хьюго ощущался глубокий, искаженный хмурый оттенок гнева. Его рука не хваталась за цепи, в которых держались голодные порабощенные женщины. Цепи стучали по полу.

Три девушки-зомби набросились на доктора Шмидта и начали кусать его, пока он кричал от ужаса. Его лицо превратилось в искривленную маску страха и страданий.

«ААААААААААААААААААААААА! доктор закричал.

«ГААА!!» рыжеволосая наложница нежить застонала, а затем врезалась в кричащего мужчину на полу.

У блондинки-зомби внезапно сломалась голова, и её голодный взгляд переключился на Джереми, который медленно отступал к двери, в которую они вошли, как только он впервые увидел Хьюго в конце зала со стаей сук-зомби на поводках.

Ромеро не так уж долго подхватывал сигнал и возвращался в другую сторону комнаты, еще на несколько шагов ближе к стае нежити, пожирающей своего коллегу. Оба мужчины были в ужасе и отвращении.

Джереми поднял ракетный пистолет и выстрелил в шипящее лицо блондинки-зомби.

Джереми и доктор Ромеро на полной скорости выбежали из дома с широко раскрытыми глазами от страха. Когда они выскочили из входной двери, застрявшая внутри банда зомби, забравшись когтями, перелезая друг на друга, не понимая, стоит ли им идти в погоню или продолжать пожирать еду, уже лежащую на полу. Белокурая зомби, которой ракета Джереми уничтожила лишь часть головы, покатилась и корчилась на полу.

«Убирайся отсюда к черту!» Джереми воскликнул, опередив Ромеро на несколько футов.

Под деревьями появилась затаившая дыхание и тяжело дышащая Мария, которая бросилась в противоположном направлении к мужчинам, бежавшим из дома. Увидев, что ни один из них не хочет есть друг друга, все трое выживших остановились.

«Слава богу! Ребята, нам нужно найти новый выход. У них есть Зеб, а на пляже слишком много людей, чтобы туда ехать, — объяснила Мария, затаив дыхание. — Может быть, мы справимся...»

«СЖИГАНИЕ!»

Голос Марии изменился с панической речи на напряженный крик в середине предложения. Ее глаза, охваченные шоком, смотрели ей через плечо и смотрели в лицо позади нее. На лице зомби Хьюго, оглядываясь на неё, мелькало злым злым светом. Его правый кулак пробил Марии сзади в грудь, окровавленная рука вырывала её из рубашки, держала сердце в окровавленном когте.

В её грудной полости всё ещё пробивалась артерия, которая была протянута длинной струной. Джереми и Ромеро были потрясены; Джереми был забрызган кровью Марии.

Зомби Хьюго, окровавленная рука все еще торчала Марии в груди до локтя, поднял руку к лицу, не отрывая взгляда быстро увядающей Марии, и откусил ей сердце. Глаза Марии покатились назад, а ее тело обветшало и стало безжизненным, глаза широко раскрыты и мертвы. Труп латиноамериканской красавицы попал в окровавленные объятия зомби Хьюго, покрытые горами.

Взгляд зомби Хьюго был прикован к шокированному Джереми. Это был глубокий, знающий взгляд. Взгляд Джереми постепенно превратился из шока в гнев.

Затем за ходячим трупом Хьюго появился новый зомбированный доктор Шмидт, за которым последовали все три наложницы Хьюго; у блондинки отсутствовала большая часть левой части головы. В её зияющей ране свисали кровь и кусочки мозга. То, что осталось от её лица, выглядело очень рассерженным.

«ЧЕРТ ВОЗЬМИ!» Джереми воскликнул.

В внезапной панике Джереми поднялся и случайно выстрелил из ракетного пистолета в стаю зомби.

«ЧУШЬ!»

## ГЛАВА 12

Ромеро и Джереми стояли спиной к спине.

Ромеро набросился на зомби, которые парили в недоступном месте, а Джереми не давал им покоя, выпуская сигнальные ракеты. Ромеро указал на отверстие в орде.

«У нас все получится! Если мы побежим ко мне домой, у меня есть еда, генератор и охраняемая комната, где я буду ждать спасения!» Доктор Ромеро умолял.

Не говоря уже ни слова, они побежали по пыльной грунтовой дороге, оставив за собой стену рассерженных зомби. Джереми выстрелил в них еще один выстрел, чтобы не дать монстрам следовать за ними.

«Хорошо, пойдем!»

Они побежали по пыльной дороге и прошли мимо большого шаткого деревянного сарая рядом с тропой. Там было несколько темных окон, выходящих на дорогу. Кабель питания, подключенный к крыше, безвольно стекал по воздуху к самодельной гидроопоре, снабжающей здание электричеством.

«Что это такое?» Спросил Джереми.

«Это хозяйственный сарай», — объяснил доктор Ромеро.

Джереми задумчиво замолчал, прищурившись к глазам. Ромеро недоверчиво посмотрел на него.

«Что они там хранят?» он спросил.

«ВЕЩИ! Генераторы, химикаты для бассейнов, бензин, исследовательские принадлежности, зачем?!?» Ромеро был в ярости.

Джереми поднял пистолет, прищурившись в глазах, и выглядел как герой боевика.

«Найди место, где можно спрятаться... У меня есть идея».

Джереми изменил направление движения, подбежал к приближающимся мертвецам, размахивал руками и кругами кружился по пыльной дороге, издеваясь и дразня медленно нагоняющих монстров. Его показ сработал: он привлек внимание зомби и пробудил в них чувство голода. Сарай стоял на заднем плане, входная дверь была открыта.

«Да ладно, вы вонючие ублюдки! Приходите, укусите меня за задницу!» Джереми закричал.

Джереми побежал в открытый хозяйственный сарай. Он осмотрел мешки с хлором, другими химикатами и большие газовые кувшины. Вскоре зомби начали сердито приближаться, преследуя его и прорвавшись через узкий дверной проем в сарай.

Джереми опрокинул большой кувшин с газом и вылил его «нахлыстом», а злые зомби начали ворваться в маленькую комнату.

Джереми распахнул одно из близлежащих окон, а зомби протянули к нему высохшие и увядшие пальцы, рассердившись и спотыкаясь друг о друга, пытаясь первыми наесться его плотью.

Джереми вылез из окна и поднялся на крышу, а злые зомби, держа в руках когтей и дрожащих когтями, пытались схватить его.

«ГААА!» зомби в отчаянии закричал из открытого окна.

Тем временем доктор Ромеро, прятавшийся в густой листве гаитянских деревьев и кустов рядом с тропинкой, посмотрел вверх и увидел, как ему угрожают высокие сердитые местные зомби.

«АРРР!»

Ромеро отбил зомби голову своей бейсбольной битой, издав громкий поп-звук. Доктор вовремя повернулся и увидел, что к нему подкрадывается еще один зомби.

Теперь Джереми висел в перевернутом виде за гидрошнур, прикрепленный к крыше, обхватив трос руками и ногами, медленно удаляясь от здания. Теперь в сарае полно зомби, рассерженные и пронзительные, а некоторые пытались забраться из окна на крышу, как это делал Джереми несколько минут назад.

Ромеро отбивался от зомби битой, паникуя с широко раскрытыми глазами от страха; Джереми свисал с провода.

Бородатый юноша вытащил ракетный пистолет и прицелился в окно подсобного помещения.

«ЧТО БЫ ВЫ НИ ДЕЛАЛИ, ПОТОРОПИТЕСЬ!» Ромеро закричал из своей позы, громившей зомби на деревьях.

«Фуооооооооооош».

Джереми выпустил сигнальную ракету в заполненное зомби окно сарая.

«КА-ВОООООМ».

В сарае прогремел мощный взрыв. Земля сотряслась, когда в воздух поднялся огненный шар и дым, в результате чего куски стекла, дерева и части зомби разошлись во все стороны и в атмосферу. Джереми все еще цеплялся за шнур питания и быстро пробирался сквозь пространство,

так как на одном конце к нему уже не было пристроено здание.

Ромеро впала в панику, когда вокруг него начала кружиться небольшая стая зомби, набитых осколками стекла и дерева.

Ботинок правой ноги Джереми сразу же вырвался из плеч одного из зомби, когда он замахнулся прямо в стаю мертвецов, все еще удерживая линию электропередач. Проходя мимо, он выпустил в толпу сигнальную ракету, отпустил в руки тонкий шнур и наткнулся на другого зомби, который подкрадывался к Ромеро. Он использовал зомби, чтобы не упасть, и, приземлившись, раздавил ему мягкую сгнившую голову и застрявший в ней мозг под покрытым икрой ботинком.

Джереми стоял на ногах и гордился тем, что он справился с самым трудным испытанием, о котором только можно мечтать, не только одержав победу, но и защитив других. Он снова выстрелил, уничтожив еще одного зомби и отпугнув остальных членов стаи.

Ромеро посмотрел на свою ногу и саркастически усмехнулся. Он потянулся вниз, держа ее в руках и вздрагивая от боли. В его ноге торчали большой кусок стекла и несколько осколков размером с палец — остатки взорвавшегося подсобного помещения. Из него без всяких извинений текла кровь.

«Хех... Это может стать проблемой». Доктор безнадежно усмехнулся.

«О, черт возьми!» Джереми проговорился.

РОМЕРО, ВЫГЛЯДЯ ОТЧАЯННЫМ и побежденным, залез в карман, достал набор ключей и предложил их Джереми. Сердце Джереми сжалось. Его чувство гордости испарилось. Осознание того, что его собственные действия причинили другу ужасную травму, которая, по всей вероятности, может привести к его смерти, повергло его в печаль.

«Возьмите мои ключи и бегите вперед. Если у меня не получится, по крайней мере один из нас выживет», — проинструктировал доктор Ромеро.

Джереми, протянув Ромеро ракетный пистолет и оставшиеся патроны, выглядел суровым, но понимал его. Взамен он забрал у Ромеро ключи вместе с битой.

Джереми положил руку на плечо Ромеро и собрал всю свою силу воли, чтобы строго и уверенно посмотреть Ромеро в глаза.

«Отлично. Тогда вы берете сигнальный пистолет. Скоро увидимся», — проинструктировал он пожилого врача, почти отдав приказ.

Джереми убежал по грунтовой дороге, а Ромеро выстрелил в приближающегося зомби.

Когда Джереми бежал все дальше по дороге, звуки выстрелов мигали все тише и тише.

## ГЛАВА 13

Ромеро медленно двинулся по дороге, прислонился к дереву и произвел еще пару выстрелов в зомби. Поздний вечер сменился ранним вечером, и он начал замечать, как небо меняет цвет с заходом солнца и приливом дневного света.

Ромеро снова выстрелил в одинокого зомби на дороге впереди него. С быстрым заходом солнца на Гаити стало еще темнее.

После короткого похода Ромеро, прихрамывая, подошёл к фасаду своего дома, и его изнутри освещали огни.

«Слава Богу, у меня получилось!» Ромеро ни перед кем особенно не воскликнул вслух.

Ромеро обнаружил, что дверь не заперта, открыл ее и осторожно заглянул внутрь. Казалось, что в ящиках и шкафах уже нашли все необходимое. Весь свет был включен, но в доме, казалось, было пусто.

«Джереми?» Звонил доктор Ромеро.

Ответа не последовало.

Врачу потребовалось доли секунды, чтобы взвесить все варианты и понять, что за четырьмя стенами своего дома с запертой дверью ему будет гораздо безопаснее, чем под открытым небом, независимо от того, будет ли там Джереми или нет.

Он вошёл и запер дверь изнутри.

Джереми, должно быть, уже осмотрелся и направился в мастерскую. Конечно, мне придется немного рассказать о своих исследованиях с племенной парой, но он должен понять, насколько важны мои исследования, подумал Ромеро про себя.

Ромеро бросил по коридору и вошёл в мастерскую, мучительно спускаясь по лестнице. Только один тусклый свет едва освещал комнату. В тусклом свете Ромеро увидел силуэт Джереми, все еще держащего биту в руках.

«Слава Богу, у тебя получилось! Я могу объяснить, что такое зомби в камере», — поспешно запинался Ромеро.

Ромеро повернулся и нажал на ближайший выключатель света.

«Я просто счастлив, что остался жив, несмотря на полученные травмы...»

Ромеро продолжал рассеянно.

Голос Ромеро захлебнулся от ужаса. В мастерской, которая теперь освещена, он увидел, что рабочие столы перевернуты. Ручка-зомби была открыта. В центре грязной комнаты стоял Джереми. На шее у него была зияющая рана, а на плече — ещё одна; его кожа приобрела бледно-серовато-зелёный оттенок, а тёмные глаза побледнели. На его лице, руках и ногах были разбросаны небольшие следы укусов. Он держал в руках мокрого окровавленного ребенка-зомби.

Позади него, с левой стороны, стояла мать-зомби, а в ее животе была большая зияющая дыра. Она выглядела угрожающе, и у нее не было контрольного ошейника. Рядом с ней стоял злой и голодный «отец». У него тоже отсутствовал контрольный ошейник. Все четыре нежити пристально смотрели на Ромеро.

Джереми издавал напряженный, колючий звук.

«Поздравляю... Это мальчик!»

КОНЕЦ.

# Also by Mike Gagnon

**Orlok**
Orlok

**Standalone**
Skidsville
The Island of Dr. Morose
The Illusion of Freedom
A Letter to the Middle East
A Western Gentleman
Project Magenta
Die Insel von Dr. Morose
La isla del Dr. Morose
L'île du Dr Morose
Остров доктора Мороза

Watch for more at www.mikegagnon.ca.

# About the Author

Mike Gagnon is an author living in the Niagara Region of Canada.

He has been a professional writer and comic creator since 2000. He has written, illustrated and edited hundreds of books, articles and graphic novels.

Mike has worked for publishers of all sizes, from Marvel Comics to many small press publishers.

For more info visit: www.mikegagnon.ca

Read more at www.mikegagnon.ca.